KB129763

가을 하늘빛보다
더 푸른 날에

이광옥 시집

작가, **이광옥**

전라북도 군산시 옥도면 선유도 출생, 대학 졸업 후 13년간 직장생활을 하였고 퇴사 후에 사진 관련 사업을 계기로 1994년부터 사진 활동을 시작했다.

2001년 『바람에 기대어 살리오』, 『그리움으로 채워진다』를 시작으로 문예활동을 시작, 2008년부터 블로그 활동을 통해 글을 알렸으며 2013년 KBS 라디오 전주 방송 「행복한 동행」 출연과 월간발행지 매거진 군산에 실린 글 「위대한 유산」 그리고 그 이후에도 꾸준한 블로그 활동을 통해 사진, 시, 수필 활동을 이어왔다.

2016년 9월 전라남도 흑산 신문 창간호에 흑산도와 홍도 여행기 「검게 타버린 아가씨가 사는 섬」이 신문 2면에 걸쳐 소개되었으며, 2022년 10월에는 다음 블로그 중단으로 아쉬움에 『하늬바람에 돛단배』를 출간하였고, 2023년 10월 『가을 하늘빛보다 더 푸른 날에…』를 출간하게 되었다.

현재는 전라북도 군산시에서 '식기세척기프라자' 서비스센터 사업체를 운영하며 계속해서 사진 및 문예 활동을 이어가는 중이다.

e-mail lko510@hanmail.net

꽃이 예쁜가요?

향기 없는 꽃은 마음에 와닿지 않는다.

마음이 예쁜가요?

예쁜 마음은 자신을 위한 선물이다.

글이 예쁜가요?

예쁜 글은 고운 감성의 표현이다.

모쪼록 『가을 하늘빛보다 더 푸른 날에…』

이 시집을 읽고

구독자님께서 공감하는 시간이 되었으면 합니다.

______________ 님께 이 시집을 드립니다.

내일을 준비하는 나

매일 반복되는 일상, 그 삶 속에서도 나는 항상 늦은 시간 책상에 앉아 오늘 하루를 다시 돌아보고 내일 할 일을 꼼꼼히 점검하고 다이어리에 메모하는 습관이 있다. 언제부터인지 모르지만, 늦은 밤에 잠을 청하기 전 마음을 비우고 추억을 들추며 현재 진행형인 내 삶을 조명하고 미래의 내 삶도 상상하며 행복해한다. 과거의 삶은 추억이라서 지울 수 없지만, 미래의 삶은 현재의 삶과 연결고리가 되기에 그 중요성을 깨닫고 나는 오늘도 늦은 밤 하루의 시간을 생각한다. 내일을 준비하면서 내일은 오늘보다도 더 솔직해지고 싶다.

젊어서 삶은 아름답고 감성적이었다면 지금의 삶은 사실적이고 현실을 직시하며 살아가고 있다고 말할 수 있으며, 미래의 삶은 아직은 완성되지 않아 부족함을 채워가며 준비하는 과정이다. 실패하지 않고 삶을 살아가는 사람, 그 어느 누가 있겠는가? 다만, 난 나를 변화시키면서 오늘보다는 내일을 준비하며 행복하고 순수한 사람으로 살아가고 싶을 뿐이다.

계절이 바뀌고, 세월이 흘러가면 뭐든 변하면서 지나가기에 이제는 미래의 내 삶이 궁금하고 두려움이 앞서간다. 과거의 잘못은 비울 줄도 알아야 하고 때로는 과감하게 버릴 줄도 알아야 한다. 스스럼없이 비우고, 버릴 수 있다면 그때는 새로운 의미의 가치 있는 삶이라는 것을 이해하며 살아갈 것이다.

글은 하얀 여백에 거리낌 없이 나의 표현을 담아주는 유일한 친구이다. 『가을 하늘빛보다 더 푸른 날에…』 시집에 내 삶의 추억과 여행에서 자연이 나에게 보여주는 아름다운 풍경을 부족한 글로 표현하여 독자님께 한 권의 시집으로 전해드립니다.

2023년 10월

이광옥

목차

내일을 준비하는 나 5

Part 1. 나는 풍경 앞에 발길을 멈추고 말았다

봄이 왔구나 13
봄 향기와 입맞춤하다 14
봄 마중 15
봄꽃 16
꽃향기 17
낙화 18
동백꽃 1 19
동백꽃 2 20
노루귀 21
들꽃 22
봄 안개 23
아침이슬 24
새털구름 25
창문 너머로 바라본 아침 풍경 26
야생초의 삶 27
군산의 저녁 8시 28
어둠 29
몽돌해변 30
카메라 렌즈 31
산 32

지리산의 침묵 33
선운산의 가을 34
적상산의 가을 35
낙엽 1 36
낙엽 2 37
억새꽃 38
서리 39
겨울비 40
꽃잎에 담긴 겨울 이야기 41
첫눈을 밟고 거리를 거닌다 42
눈 44

Part 2. 내 삶을 나만의 색깔로 채색하고 싶다

가을 하늘빛보다 더 푸른 날에 46
감성 공간 서재 47
천천히 48
허무한 삶 49
밥 50
행복을 찾는 사람들 51
나에게 희망을 52
눈길 53
약속 54
몽돌 55
꽃비가 내린다 56
결실(結實) 57
풍경 58
내가 좋아하는 것 59
혼잣말 60
한여름밤의 꿈 61

초대 62
오늘과 내일 63
고뇌하는 밤 64
나의 하루 65
감성을 느끼고 싶다 66
향기와 냄새 67
잠 못 이루는 겨울밤 68
인력시장 69
나의 아침 70
나를 위로하는 시간을 가져라 72
나와 대화 74

Part 3. 내 삶을 사랑으로 안고 싶다

봄이 전해주네요 79
기다림은 설렘이다 80
기다림 1 81
기다림 2 82
사랑 83
계절의 사랑 84
가족 사랑 86
민들레 사랑 87
걸음마 88
넘치는 사랑 89
제비꽃 당신 90
꽃보다 아름다운 것은 님이었다오 91
당신의 수채화 92
너와 나 93
마음 94
내 마음에 따뜻한 비가 내렸다 95

한 마리 새가 되어 96
벗 97
우정, 사랑, 믿음 98
길 99
어디서 무엇 하며 살아가는지 친구야 100
무념무상(無念無想) 101
12월을 보내며.. 102
골목길의 작은 나의 공간 103
내 생애 최고의 가을인 줄 알았는데 106
한 손엔 빗 한 손엔 가위 107

Part 4. 그때는 왜 그랬을까?

나는 봄을 가슴으로 품었다 112
이룰 수 없는 사랑 113
삶은 추억이다 114
한 번뿐인 인생 115
나이 116
뒤늦은 후회 117
내 지난 삶 118
삶의 뒤안길 119
3월 봄의 기적 120
무상(無常) 121
뒤늦은 고백 122
자기반성 123
떠나는 것에 연연하지 말자 124
받고 싶지 않은 메시지 125
인생길 126
민들레 홀씨가 바람에 흩날리더니 127
술 한 잔 128

행복 129

Part 5. 추억 속 고향으로 가는 길

고향 풍경 앞에 발길을 멈추고 말았다 131
고향 내음 132
고향 선유도 노을에 물들다 133
선유도의 밤 134
귀향(歸鄕) 135
고향 생각 136
추억 속의 고향 137
고군산군도 138
관리도 139
푸른 바다야 140
노을빛 바다 141
솔섬과 갯벌 142
기도 등대 144
엄마 145
낙숫물 146
깜밥 147
장독대와 항아리 148
이불 지도 149
봉숭아꽃 물들이다 150
문풍지 151
검정 고무신 152
아버지의 바다 153
만선 154
은빛 너울 위에 펼쳐놓은 추억 이야기 155
어젯밤 꿈 이야기 157

한때 나는 나를 너무도 미워했고

내 마음에 상처를 주는 말과 행동에 나는 괴로워했다.

하지만 나는 아름다운 자연의 풍경 앞에 발길을 멈추고

나를 위로하기 시작했다.

나의 일상의 글 중에서

Part 1

나는 풍경 앞에 발길을 멈추고 말았다

봄이 왔구나

봄바람

꽃바람

봄이 왔구나!

마을 언덕 위에

아지랑이 피어오르고

꽃 찾아 날아든 벌 나비

꽃향기에 취해 너울너울 춤추고

개울가 동면하던 개구리

계곡물 흐르는 소리에

깜짝 놀라 잠에서 깨어나고

텃밭을 일구는 농부의 거친 숨소리에

대지의 잡초는 쑥~쑥~ 자란다.

봄 향기와 입맞춤하다

바람이 분다

봄바람은 내 코끝에 풋풋한 향기를 전해주고 달아난다

바람이 전해주는 향기는

풀

꽃

나무

그리고 흙 내음이 가득한 봄 향기다

그 향기는 내 가슴속 깊이 파고들어

겨우내 지친 나의 마음을 위로해 주는 선물과도 같았다

나는 지그시 눈을 감고 바람이 전해주는 봄 향기에 입맞춤으로 고마움을 전한다.

봄 마중

친구야

봄이 왔구나

삼동(三冬)*의 추위를 이겨내고 대지에 새싹이 돋아나고

훈훈한 봄바람과 봄 햇살은

겨우내 꽁꽁 얼었던 삼라만상(參羅萬像)*을 녹이면서

나뭇가지에 화사한 꽃을 피우고

동면하는 개구리를 깨우고

계곡에는 힘찬 물소리와 함께

새들은 나뭇가지를 옮겨 다니며

청아한 목소리로 새봄을 노래하고 있구나

친구야

우리도 옛 추억을 회상하며

그리운 고향 언덕으로 봄 마중 가자꾸나....

---

* 삼동(三冬): 추운 겨울 석 달

* 삼라만상(參羅萬像): 온갖 사물과 현상

봄꽃

꽃이 피었다
꽃이 졌다

꽃이 피기까지는 아픔이 따랐겠지만
꽃이 지는 것 잠깐이구나

삼동(三冬)을 이겨내고
화사한 웃음꽃으로 봄을 맞이했건만

꽃샘바람이 시기하고
봄비가 너를 슬프게 하는구나!

너의 삶이 짧다고 하여 너무 슬퍼하지 말라
너의 아름다운 모습과 향기는
내 몸과 마음이 기억할 것이려니....

꽃향기

봄이 왔네

꽃이 피네

노란 꽃

하얀 꽃

꽃이 피네

벌

나비

꽃 찾아 날아와

이 꽃 저 꽃 옮겨 다니며

꽃향기에 취해 너울너울 춤을 추고 있다네….

낙화

창문 열고 창밖을 보니
꽃비가 내린다

꽃이 지는 것을 그 누구를 탓하랴?
바람을 탓하랴
비를 탓하랴

꽃이 피고, 지는 것은
당연한 이치거늘
우리 삶 또한 꽃과 같지 않은가?

꽃잎이 바람에 날리는 꽃비를 바라보니
나 서글픈 마음에 마냥 울고 싶어라.

동백꽃 1

꽃잎에 젖은 빗물은

사모하는 이의 통곡의 눈물이었나보다

보고 싶음의 아픔인가?

그리움의 사랑인가?

보고 싶은 아픔에 동백은

붉은 정열의 꽃을 피웠고

그리움에 젖은 동백은

낙화 되어 땅 위에

사랑의 꽃으로 피어나는구나.

동백꽃 2

겨울 잔설을 뒤로하고
동백 나뭇가지 끝에 동백의 한이 맺힌다

꽃샘바람에 굴하지 않은 동백은
봄 햇살 머금고 붉은 꽃으로 하나둘 피어난다

가슴에 맺힌 한 그 누구에게 말할까?
혼자서 외롭게 통곡의 피눈물을 삼키며
바닷가 숲속에 홀로 붉게 타오르는 동백꽃

동백꽃 그 애절한 사연을
이곳 숲길을 지나치던 길손이
봄비에게 전해주기라도 하였는지

봄비는 꽃잎을 흠뻑 적셨고
동백꽃은 땅 위에 떨어져
눈물을 훔치며 애써 웃음 짓는다….

신시도 대각산에서

노루귀

모두가 무심코 지나가지만
나는 가던 길 멈춰서 주저앉는다

양지바른 숲속 대지를 뚫고
불쑥 고개를 내밀고 봄을 알린다

가여운 줄기에 솜 털옷을 걸쳐 입은
연보라색 꽃 노루귀

봄을 시샘하는 꽃샘바람에
앙증맞은 꽃잎 파르르 떨며
애써 화사한 웃음으로 봄을 알린다.

내변산 직소폭포 가는 길에서

들꽃

깊은 산속 숲길에
한 송이 들꽃을 보았네
시선과 마주한 들꽃은 나를 보고 수줍게 웃고 있네

앙증맞고 순수한 이름 모를 들꽃
가던 길 멈추고
그 곁에 쪼그리고 앉아 바라보았네

여린 줄기 잎 사이로 피어난
아가같이 귀엽고 어여쁜 들꽃
그 향기는 아가 향기 같았네

주변 숲속 살펴보니
여기저기 피어있는 이름 모를 들꽃은
어느새 내 가슴속 한편에 자리하고 미소로 피어나네....

봄 안개

창밖 아침 풍경은
한 치 앞도 보이질 않는
하얀 도화지 그 자체
짙은 안개에 감추어진 군산의 아침 풍경

여명의 시간이 지나고
일출의 시간이 되자
뿌연 안개가 서서히 걷히는 모습은
마치 하얀 도화지에 연필로 스케치하듯
시시각각 변하는 군산의 아침 풍경

뭐가 그리도 바쁜지
그림을 그리다 말고서
안개는 바람과 한 몸 되어
하얀 머리 풀고 하늘로 사라지는 모습을
나는 창가에서 물끄러미 바라만 봅니다.

아침이슬

간밤에 울어대던 소쩍새

아침이 밝아 오니 눈물이 풀잎에 맺혀있네

아침 햇살 가득 품고

영롱하게 빛나는 보석 같은 아침이슬

누가 훔쳐 가지 않을까?

내 가슴에 쓸어 담네….

새털구름

눈이 부시도록 파란 하늘
누군가 하얀 물감 뿌려
새털구름 그려 놓았네...

아기천사가 벗어놓은 날개옷인가
둥지에서 날아간 아기 새 깃털인가
행여 바람에 흩날릴까
걱정스러운 마음 금할 길 없어라....

창문 너머로 바라본 아침 풍경

간밤이 그리도 추웠나 보다
거실 창문 유리에 성에꽃이 피었다

창가에 다가서 유리창 성에를 닦아내자
서서히 어둠이 걷히고 여명이 밝아 온다

아파트 빌딩 숲 저 멀리 오성산 능선은 붉게 타오르고
산 능선 위로 붉은 태양이 고개를 내민다

지난밤 숲속에서 잠을 청했던 철새 기러기
무리를 형성하고 태양을 향해 하늘을 날고 있다

군산의 아침 풍경은 이렇게 아름답게 채색되었고
난 그 풍경을 바라보며 조심스럽게 하루를 열어본다....

야생초의 삶

아무리 작은 야생초일지라도 꽃을 쉽게 피우는 법은 없다

그 무엇에게도 굴복하지 아니하고 아름다운 꽃을 피웠다

봄

여름

가을

겨울

사계절 시시각각 변하는 날씨와 싸우고 인내하며

그윽한 향기를 가득 품고 아름다운 꽃으로 자신의 삶을 표현

했다.

군산의 저녁 8시

월영산 산마루가 붉게 타오른다

한낮 열기가 식어가는 정적의 시간이다

서해는 점점 붉게 달아오르고 고군산 군도의 섬들은 모두 숨을 죽이고 바다로 침몰하는 태양을 침묵 속에서 응시하고 있다

나 또한 숨죽이고 침묵 속에서 바다를 바라보며 지는 해를 배웅했다

수평선 위로 태양은 기울었고

바다는 점점 뜨겁게 달아올라 빛 고운 와인색으로 물들어 간다

어느새 태양은 서해 수평선 너머로 숨어버렸고 군산의 저녁 8시 땅거미가 내린다....

여름날 월영산에서

어둠

어둠이 내리면
땅 위의 모든 사물은
홀로 되어 어둠의 시간에 복종한다

나 한 번도 어둠의 실체를 본 적 없고
어둠 또한 자연의 순리에 순응할 것이라는 생각이 든다

세상 모두가 숨죽이고 침묵하는 밤
달과 별만이 그 모두를 지켜보며 밤을 지새우고
나는 보이지 않는 어둠의 그림자를 곁에 두고 잠을 청한다.

몽돌해변

한여름 따사로운 햇살은
몽돌 해변을 뜨겁게 달구었고
맨발로 몽돌 해변을 걷는 나
그 뜨거움에 바다에 발을 담그고 어루만진다

손끝에서
혀끝으로 전해지는 바다의 진한 짠맛은
작열하는 햇볕에 너무 빨리 익었나 보다

서해에서 밀려오는 파도는
해변의 작은 몽돌을 마구 흔들었고
그 몽돌 구르는 소리는
내 귓전에 작은 속삭임으로 전해진다.

무녀도 몽돌해변에서

카메라 렌즈

세상을 바라보는

또 다른 나의 눈

아름다운 풍경에 발걸음을 멈추고

셔터를 누른다

카메라에 담고

다 담아내지 못한 풍경은

눈으로 보고 마음에 담는다

시간의 흐름 속에 시시각각 변하는

풍경을 놓치지 않으려고 긴장을 늦추지 않는다

손에 들고

가슴에 품고

긴 기다림과 긴장 속에 마음은 설렘으로 차오른다.

덕유산 능선에서

산

산에,

산에 꽃이 피면

벌 나비는 춤을 추고

산새들은 숲속에서 노래한다네,

바람도 쉬어가고

구름도 머물다 가는 산

앞산 뒷산 마주하고

정겨운 이야기를 나누는 산

슬픈 이야기에는 꽃비가 날리고

정겨운 이야기에는 숲속 새들도 지저귀고

애틋한 사랑 이야기에는 단풍잎이 곱게 물들고

가슴 아픈 사연 이야기에는 눈이 내려 포근하게 감싸 안아 주고

산을 찾은 사람들에게는 산은 메아리로 화답한다네,

나 그런 산이 좋아 산을 찾아 산과 친구가 되고 싶어 한다네....

지리산의 침묵

바람이 몰고 온 먹구름은
한차례 소낙비 뿌려 소란을 피우더니
구름은 지리산 능선을 따라 오르다
산허리를 감싸며 머물다 가는구나?

제석봉으로 가는 길목 바위에 걸쳐 앉은 나
깊은숨 들이키며 숨을 고르고
지리산의 맑은 침묵을 듣다 보니
참으로 고요하기도 해라
여기가 무릉도원 내가 신선이구나

스산한 바람에 나풀거리던 나뭇잎 하나
힘에 겨운지 나뭇가지에서 놓아버리고
바람 따라 하늘하늘 날아가는구나!
아~ 지리산

지리산 제석봉 가는 길에서

선운산의 가을

선운산 색동옷 갈아입던 날

천마봉 능선 따라 도솔천에 이르는 색바람

물빛도

단풍잎도

사람들도

모두가 사랑에 빠진 것인가

도솔천 계곡 따라 불어오는 바람결에

수줍음을 타는지 파르르 떨고 있네....

2022년 가을 선운산 산행 중에서

적상산의 가을

색바람 부는 날 산에 오르니
나뭇잎은 더 이상 햇볕을 탐하지 않고
초록 잎 퇴색하여 오색으로 물들었네

파란 하늘 떠가는 흰 구름은
따가운 가을 햇볕에 단풍잎 그을릴세라
하늘길 숲길 위에 은은한 빛 그림자 얹어 놓는다

적상산 정상에서 향로봉을 바라보니
푸른 숲 경계가 무너지고
오색 비단옷으로 갈아입고 나를 유혹하는구나

나 한 그루 나무 되어
색바람 스쳐 가는 이곳
적상산 절벽 위에 몸을 세우고 싶구나.

적상산 산행 중에서

낙엽 1

겨울로 가는 길목에서

단풍잎은 가을 그 끝자락을 붙잡고 파르르 떨고 있다

바람에 흔들리는 나뭇가지가

단풍잎은 힘에 버거운지 한 잎 두 잎 바람에 흩날린다

가을과 작별할 시간적 여유도 없이

단풍잎은 이별의 슬픔을 삭히며 낙엽이 되었다

쓸쓸한 가을의 뒤안길에서

나 또한 지난 시절을 추억하며 길을 걷는다.

낙엽 2

가을이면 모두에게
사랑을 듬뿍 받았던 낙엽
겨울의 길목에서 모두에게
관심조차 없는 처량한 신세가 되었구나

찢어진 낙엽
벌레 먹은 낙엽
짧게 스쳐 간 계절의 시간 속에
사연이 많았나 보다

지나온 삶 회상하며
늦가을 숲길 홀로 걷는 나
바스락~ 바스락~
발끝에서 부서지는 낙엽 소리에
가던 길 멈추어 낙엽 한 잎 주워 들고 한숨짓는다.

고창 문수사에서

억새꽃

봄

여름

가을

그리고 초겨울이 되어서야

곱디고운 손 흔들며

가을과 이별을 알리는 억새꽃

혹여 세찬 바람에 흩날릴까

노심초사 걱정하며 그저 너를 바라본다

가을과 아쉬운 이별에

겨울의 길목에서 서성이는 억새꽃

길손인 나를 배웅하며

겨울이 토해낸 차가운 바람에

곱디고운 하얀 꽃 떨구며 손을 마구 흔드네....

광천 오서산 산행 중에서

서리

깊은 밤 찬바람은

창문을 두드리고,

나뭇가지를 흔들며

밤이 새도록 가을과 말다툼을 하더니

새벽녘에서야 조용해졌다

이른 아침

눈을 뜨고 창밖을 바라보니

나뭇가지 단풍잎에 하얗게 서리가 내렸다

가을 그 끝자락을 붙잡은 단풍잎

이별의 아쉬움을 달래고 싶었는데,

하얀 서리는 애써 가을을 보내려고

마지막 잎새 위에 하얀 차가움을 토해놓고 겨울을 기다린다.

겨울비

소리 없이 내리는 겨울비

가을과 이별의 아픔이 채 가시지 않은 단풍나무

촉촉하게 내리는 겨울비

마지막 잎새에 눈물 맺혀있네

슬픔에 잠긴 단풍나무

어떻게 위로할까?

고민하던 차

어디선가 불어온 바람은 나뭇가지를 마구 흔들어

마지막 잎새마저 떨구어 내었고

눈치 없는 겨울비는 속절없이 내리는구나.

꽃잎에 담긴 겨울 이야기

화창한 봄

훈훈한 바람과 함께 꽃이 피었네

앙상한 가지마다

함박눈처럼 하얀 꽃이 피었네

겨우내 전해주지 못한 이야기

봄 햇살 아래 꽃잎 위에 펼쳐 놓았네

꽃잎에 담긴 겨울 이야기

봄바람에 실어 날려 보내고

꽃잎은 꽃비가 되어 하늘하늘 흩날리더니

어느새 봄은 내 품에 안기어

나를 흠모하고 있었다네….

첫눈을 밟고 거리를 거닌다

창밖을 바라보니

잿빛 하늘에서 눈이 내린다

내 가슴속에도 하얀 눈이 소복하게 쌓인다

도심의 거리에도

공원의 숲길에도

온 세상이 하얗게 변해버렸다

집을 나선 나,

인적이 없는 거리 첫눈을 사뿐히 밟고 거리를 걷는다

뽀드득~ 뽀드득~

가던 길 멈추고 뒤돌아보니

하얀 눈 속에 묻혀 있는 내 발자국 바라보며 안경에 맺혀있는 물기를 닦으려고 안경을 벗는 순간 거리의 불빛 별빛처럼 반짝인다

그 불빛은 보케*의 불빛이었고, 내리는 눈과 어우러진 환상의 불빛이다

친구를 만나 술자리에서 이야기는 길어졌고, 친구와 헤어져 집으로 돌아가는 시간까지 그칠 줄 모르고 내리는 첫눈…

나는 집으로 돌아와 20층 거실의 창가에서 첫눈 내린 야경을

---

* 보케: 빛 번짐 현상

바라보며 내일 잠에서 깬 아침 군산의 풍경은 어떤 모습일지 궁금하였고, 2022년 12월 23일 군산의 밤은 또 이렇게 깊어져 간다....

나의 일상의 글 중에서

눈

바람에 흩날리는 눈

땅 위에

나뭇가지에

부딪혀 깨질 듯하다가 깨지지 않고

소복하게 쌓이는 눈

바람 따라 여기저기 나부끼며

오갈 데 없는 눈

하늘 바라보는 내 얼굴에 입맞춤하고서 사라지는 눈은

계집의 마음

여자의 마음

연인의 마음이었다…!

변화는 새로운 시작이다.

또 다른 시선으로 세상을 바라보는 나,

나만의 고운 색깔로 나의 삶을 아름답게 채색하고 싶다.

나의 일상의 글 중에서

Part 2.

내 삶을 나만의 색깔로 채색하고 싶다

가을 하늘빛보다 더 푸른 날에

가을 하늘빛보다
더 푸른 삶을 꿈꾸고 싶다
한때 삶이 힘들어
마음은 한없이 괴로웠지만
내가 어떻게 살아야 하는지 알고 있었기에
파란 하늘을 바라보며
내 작은 가슴으로 끌어안고 싶었다
아기가 엄마 품에 안기어 행복해하듯이
나는 내 삶을 내 작은 가슴에 품고
가을 하늘빛보다
더 푸른 품에 안기어 행복한 삶을 살아가고 싶다…!

감성 공간 서재

문으로 들어서는 순간
행복한 머무름의 공간
나의 채취가 늘 배어있는 공간
내 삶이 공존하는 공간이다

작지만, 나만의 공간
진심이 묻어나는 공간
때로는 반전의 공간
내가 머무는 공간에서는 늘 같은 향기가 난다

과거 시간을 읽어내어 회상하고
미래 시간을 상상하여 꿈꾸는
언제나 이 작은 공간에서 내 삶이 시작된다
그 깊이를 알 수 없는 감성공간(憾性空簡)은 서재(書齋)이다.

천천히

성급함과 조급함은

자신의 삶을 망가트릴 수 있다

천천히…

아주 천천히 걷다 보면

세상이 아름답고 여유로움 속에 삶이 즐겁고 행복하다

글 또한 천천히 차분하게 정독하면

글쓴이의 마음을 헤아릴 수 있다

그리고 일상의 삶 속에서 느끼고 생각하는 바를 당신도 글로 답하라

그리하면 아름다운 삶이 영원히 추억으로 기록될 것이다.

허무한 삶

나뭇잎 떨어지니

낙엽 되고

흙이 되더라

세월 또한 흘러가니

추억만 쌓여가더라

이런 생각

저런 생각

다 부질없고

내 생명 다하는 날

그 누구도 알 수 없는

한 줌의 흙으로 돌아가리라.

밥

가을밤
창문 열고 밤하늘 바라보니
검은 구름 사이로 둥근 달이 흘러가고

어둠에 싸인 창밖 풍경
바람은 나뭇가지 마구 흔들고
내 마음에 그리움이 밀려온다

보일 것 같은 그리운 임
어둠에 묻혀
그림자도 보이지 않고

외로운 가로등 불빛만이
임이 오시는 길 밝혀주고
깊어 가는 가을밤
나는 숨죽이고 임을 기다린다.

행복을 찾는 사람들

누구나 행복을 찾는다
저마다 다른 삶 속에서
행복이란 그림자에 너무 집착하고 있지 않은지

행복은 그 어디에도 없다
얻은 것에 만족하지 않고
잃어버린 것에 대해서는 아쉬움을 표한다

우리가 그토록 찾아 헤매는 행복은
마음을 비우는 것에서 시작되고
우리 마음속에 있다는 것을 잠시 잊고서
행복을 찾아 헤맸던 것이다

잠시 눈을 감고 생각해 보라
행복한 사람은 긍정적이고 합리적인 생각을 하고 있다
당신이야말로 진정 행복한 사람입니다.

나에게 희망을

매일 반복되는 일상

무기력해지는 나

장마철 소낙비처럼

내 가슴속에도 소낙비가 내렸으면 한다

하루하루 삶이

점점 희미한 빛으로 변해가는

나를 지켜볼 때 허무함이 밀려온다

오늘 문득 고개 들어

파란 하늘에 떠가는 구름을 보고

나 또한 그 깨끗함으로 마음을 다시 채우고 싶었다.

눈길

눈이 내린다

하얀 눈이 소복이 쌓인다

아무도 걷지 않은 눈길

첫발을 내디디면서 설렘으로 하루를 조심스럽게 열어본다

걷다가 뒤돌아보니

혼자가 아닌 나는 나와 동행하고 있었다.

약속

오늘 나와 약속은 내일로 미뤘다
잠에서 깨어나 약속을 생각하니
아직 내일이 아니었다
나와 약속했던 일은 차일피일 미루어졌다

그러면서 매일 반복되는 나와의 약속
어느 날 곰곰이 생각해 보니
내일이 아니라 오늘이었다

뒤늦은 깨달음에 빙긋이 웃으며
그래 내일은 없나니
이제부터 나와 약속에 내일은 없다.

몽돌

이리 구르고

저리 구르고

바람과 파도 앞에 재롱떠는 몽돌

세월의 풍파 속

온갖 고통을 다 이겨내고

온 몸뚱이가 멍투성이 되었건만

어느 한 곳 모난 데 하나 없구나

안쓰러운 마음에 몽돌 하나 주워들어

살며시 어루만지며 위로하면서

까칠해진 내 마음도 너를 닮고 싶구나!

선유도 남악리 몽돌해변에서

꽃비가 내린다

봄바람에 꽃비가 내린다

하얀 꽃비

연분홍 꽃비

하늘하늘 바람에 흩날린다

내 여린 마음 속앓이 들키지 않으려고,

무표정한 얼굴로 애써 웃음 지으며

하늘 바라보며 눈물 글썽이는 내 얼굴에도

바람에 실려 온 꽃비가 내린다.

결실(結實)

봄이 되니

움이 트고

꽃이 피고

열매가 맺고

여름 되니

탐스럽게 열매가 자라고

가을이 되니

열매가 익어가며 향기가 나고

겨울이 되니

열매의 맛이 더하더라.

풍경

봄

여름

가을

그리고 겨울

사계절 같은 장소일지라도 내게 다가오는 풍경은 모두가 다르다

나는 그 어느 계절과도 시간적 약속을 하지 않았지만,

나의 시선과 마주치는 풍경과 더불어 나는 밀회의 시간을 즐기며 계속해서 나는 새로운 삶을 이어간다....

내가 좋아하는 것

내가 좋아하는 것은

책

여행

산행

낚시

캠핑

사진

.

.

많은 것이 있지만

내가 가장 좋아하는 것은

그 무엇보다도 내가 사랑하는 가족이었다

나와 같은 공간에서 삶을 같이 추억하는 소중한 가족이다.

혼잣말

가끔은 혼자 있고 싶다

왜냐고 물으면

나에게 쑥스러운 말을 전해주고 싶으니까?

나에게 전하고 싶은 말은

오늘도 수고했다고,

그리고 언제나 사랑한다고,

나를 위로하고 싶은 생각에 혼잣말로 전하고 싶은 말이다....

한여름밤의 꿈

땅거미가 지고 어둠이 내린다

밤하늘에는 별 무리가 반짝인다

밤이 깊어 갈수록

밤하늘의 별빛은 더욱 반짝거렸고

나는 몽돌 해변에 누워 밤하늘 반짝이는 별자리를 헤아려 본다

한동안 시간이 흐르고 밤하늘을 비행하는 별똥별을 발견하고

내 작은 가슴으로 끌어안는다

그리고 나는 지그시 눈을 감고 은하계를 유영하며

작은 내 가슴에 별 무리를 쓸어 담으며 한여름 밤 꿈을 꾸고

있다.

선유도 여행 중에서

초대

손님을 초대하듯이

내 마음에 손 내밀어 자신을 초대해 보라

자신을 위해 헌신하는 나에게

초대의 손길을 내밀어 보라

멋진 축제에 초대받아 행복한 시간을 보내듯이

나를 자연이 만든 아름다운 정원의 숲으로 초대해 보라

그리고 가슴 아픈 마음의 상처를 자연에 보여주어라

아름다운 자연과 어우러진 향기로운 꽃이 숲속 나무들이

나의 지친 마음을 위로하며 치유해 줄 것이다

자신의 초대에 꼭 응하라.

오늘과 내일

누군가가 나에게 이렇게 말했다
내일이 있기에 삶이 행복하다고

난 이렇게 답했다
오늘이 있기에 삶이 행복하다고

그는 나에게 왜냐고 물었다
난 이렇게 답했다
내일의 삶은 기약할 수 없다고

그리고 말했다
만약 신이 존재한다면
내일은 신의 몫이 아닐는지...?

고뇌하는 밤

하루의 삶을 조명하고

내일의 삶을 계획하고

잊혀가는 옛 추억을 들추어내는 밤

난 오늘도 침대 위에 누워

창문 너머로 보이는

밤하늘의 별을 헤아리며 삶을 추억하고 있다

그리고 내 마음에 여백이 있다면 새로운 추억으로 채우고

새로운 삶을 계획하며 행복한 내일을 꿈꾸는 고뇌하는 밤이

었으면 한다.

나의 하루

어느 때보다 몸과 마음이

더 무겁게 느껴지는 아침

눈꺼풀조차도 어찌나 무거운지

난 침대 위에 누워 뒤척인다

하루를 열고 싶은 마음에

천근만근 육신을 일으켜 세우고

나에게 용기와 힘을 불어넣는다

침대 옆 책상 의자에 앉아

오늘 하루 일정을 점검하고 부산하게 움직이는 나

힘들고 지쳐도

오늘 하루를 여는 것은 온전히 나를 위한 것이기에

나는 행복하다고 하면서 나를 위로한다

그리고 또 나는 생각한다

오늘 하루가 나를 맞이해 주어 고맙고 다행이다

나의 아름다운 삶을 위해

오늘 하루도 최선을 다할 것이라고 다짐하며

나는 오늘도 조심스럽게 하루를 열어본다....

나의 일상의 글 중에서

감성을 느끼고 싶다

느끼는 감성은 사람마다 다양하다
손으로, 눈으로
그리고 마음으로…
다양한 방법으로 느낄 수 있는데 나는 눈과 마음으로 감성을 느끼고 싶다
눈으로 아름다운 풍경을 바라보면서 내 마음에 와닿는 순수한 나만의 감성을 느끼고 싶은 것이다
사람마다 제각기 느끼는 감성은 다르겠지만 자신이 바라보는 사물과 아름다운 풍경을 자기 것으로 승화시켜 완성되었을 때 그 느끼는 감성은 가슴속 깊이 잔잔한 감동으로 와닿는다
하지만 그때 느끼는 감동은 결과물이기에 그 과정에서 공간과 시간 속에서 만들어 주는 것 자체가 반전의 매력이며 감동은 감성에서 시작된다고 말하고 싶다
나는 경직된 모든 사물과 풍경에 따뜻한 눈길로 온기를 불어넣어 살아 숨 쉬는 듯 생동감을 눈과 마음으로 느끼고 싶을 뿐이다
이것이 내가 느끼고 싶은 감성이다….

나의 일상의 글 중에서

향기와 냄새

향기와 냄새는 다르다
언뜻 생각하면 같은 맥락 같아 보이지만
향기와 냄새는 분명 다르다

풋풋한 향기
비릿한 향기
상큼한 향기

사람 냄새
음식 냄새
악취 냄새

향기와 냄새는
우리의 복잡한 감정에서 비롯된 것이 아닌가 싶다.

잠 못 이루는 겨울밤

똑딱똑딱

잠 못 이루는 겨울밤

똑딱똑딱

시계의 초침 소리

1초 1초의 초침 소리는

영혼의 초침 소리로 들린다

침대 위 누워 뒤척이는 나

세상과 잠시 작별하려고 해도

초침 소리는 너무도 강렬하게 내 마음을 흔든다

긴 겨울밤 잠 못 이루는 12월의 밤

잡다한 생각과 밤을 새워 기와집을 지워볼 생각인지 잠을 이루지 못한다

한동안 초침 소리와 씨름하고서야 나는 희미해져 가는 초침 소리와 함께 스러져 간다....

인력시장

매일 반복되는 인력시장의 풍경이다
오늘은 어느 일터로 향할까?
이른 새벽 인력시장 노상에 모닥불 피워놓고
옹기종기 모여 이야기꽃을 피운다

천근만근 피곤한 육신의 몸을 모닥불에 녹이며 꽁꽁 언 발을
동동거리며 일을 기다린다
인력시장 사무실 문이 열리고 건 내주는 메모지 한 장
긴장한 얼굴로 메모지를 받아 들고서
그들은 하나둘 인력시장을 떠나 각자 주어진 일터로 떠난다

그들에게 삶은 무엇인가?

하루하루의 삶이 아무리 괴롭고 힘들어도 어제보다 나은 내
일의 삶을 꿈꾸며 땀 내음으로 얼룩진 작업복을 입고 사랑하
는 가족을 위해 나의 힘든 고통을 잊은 채 자신을 위로하며
오늘도 인력시장의 사람들은 행복이란 희망의 끈을 놓지 않
고 각자 주어진 일터에서 구슬땀을 흘리고 거친 숨을 몰아쉬
며 하루하루를 열심히 살아갈 것이다.

나의 아침

2022년 10월 28일

금요일 오전

나는 새집으로 이사를 했다

그 후 매일 아침

20층 거실의 커튼을 걷고

설레는 마음으로 일출을 기다린다

동쪽 하늘을 바라보면 가슴이 설렌다

구름에 가려

뒤늦은 일출,

옅은 연무에 싸여

빛이 바랜 일출,

짓궂은 겨울비에…

새하얀 눈에…

날마다 변하는 변덕스러운 날씨에

나는 매일 매일 다른 풍경의 아침을 맞는다

그리고

기다리던 2023년 1월 1일

일요일 아침

오성산 너머 구름이 떠가고

간밤 숲에서 잠을 청했던 철새는

여명의 동쪽 하늘을 향해 여행을 시작했고

산 능선 위로 위풍당당한 모습으로 붉은 태양이 떠오른다

나는 미소를 머금고

타오르는 태양을 가슴에 품고서

계묘년 새해 하루의 아침을 이렇게 맞이했다.

나의 일상의 글 중에서

나를 위로하는 시간을 가져라

오늘 하루도 바쁘게 움직인다

매일 반복되는 일상에 나는 식상해한다

계절이 바뀌듯 나의 일상도 바뀌었으면 하는 바람이다

오늘 하루만큼은 내 작은 가슴에 작은 울림을 선물하고 싶다

그래서 잠시 나를 위로하는 차원에서 일상에서 이탈했다

내가 찾은 곳은 서천군 장항읍 솔바람 숲길이다

이곳은 나의 지친 몸에 활력을 줄 수 있는 아주 적합한 장소다

소나무 숲길 사이로 맥문동 야생화가 자라고

모래언덕 너머로 드넓은 갯벌과 바다가 보인다

숲길 옆 의자에 앉아 서해에서 불어오는 바람을 안고 바다를 바라본다

일상의 시끄러움을 잠시 잊고

모처럼 내 몸에게 선물한 짧은 시간의 휴식이다

아무 걱정할 일도 없이 자유롭고 평온한 시간을 허락한 나에게 나는 칭찬하고 싶다

삶의 목표와 욕망을 잠시 잊어버린 채 마음을 비우고 솔바람길 의자에 앉아 있는 것이다

이 시간만큼은 내가 나에게 주는 특별한 시간이다

이 순간이 행복이 아니겠는가?

솔향이 가득한 숲길을 걸으며 휴대전화에서 흘러나오는 음악을 들으며 나를 위로하는 시간이야말로 새롭게 시작하는 오후 일상의 시간 에너지를 보충하는 출발점이 아닌가 싶다 하루 일상을 여는 이른 아침 여명의 시간처럼 오늘 짧은 오후 시간은 내 마음에 작은 울림을 줄 수 있는 시간이 되어 나는 너무도 행복했다.

서천군 장항읍 솔바람 길에서

나와 대화

겨울밤…

상당히 춥지?

응!

실내 공기가 차가운데 보일러 온도 좀 올릴까?

그래 조금만 올려주어.

나는 벽에 붙어있는 보일러 온도 조절기 온도를 올리고 창가로 다가간다.

창밖 네온 불빛에 반짝이는 군산 도심의 풍경을 멍하니 바라본다.

그리고 말을 건넨다.

바람이 많이 부는 것 같아.

가로수 나뭇가지가 바람에 흔들리고 거리에 오가는 사람이 없어.

그래.

한동안 시간이 흐르고 유리창에 김이 서려 창밖 풍경이 잘 보이질 않았다.

날씨가 상당히 추운가 봐.

실내 온도와 실외 온도 차가 심해 그래서 김이 서렸나?

응!

손으로 창문의 유리를 닦아보지만 물기에 잘 보이질 않는다.

창문 좀 열어봐.

알았어!

딱 소리와 창문이 스르르 열린다.

와~ 바람이 칼바람이야.

엄청 춥다.

살을 에는 칼바람이야.

그래도 밤공기는 참 깨끗하구나!

너무 추워 감기 걸리면 안 돼 그만 문 닫아.

나는 스르르 문을 닫는다.

요란했던 바람 소리도 잠잠해졌고 창가에서 도심의 야경을 무심코 바라본다.

너무 걱정하지 마!

아침이면 추위가 풀릴 거야.

알았어!

나는 말을 건넨다.

오늘 하루 바빴어?

매일 반복되는 일 별다른 일은 없었어!

그랬구나!

수고했어!

고마워.

뭘 그리 바라보고 있어.

밤하늘 수놓은 많은 별 무리.

겨울인데 밤하늘 풍경이 참! 아름다운 풍경이야.

하지만 밤하늘 빛나는 별들은 지구로부터 멀리 떨어져 내가 잠이 들면 별들이 나를 찾아와 나에게 웃음을 주며 같이 놀아 주며 다른 세상으로 나를 안내해 주지 않을까?

그게 우리가 밤마다 꾸는 꿈이 아닐까 싶어?

글쎄?

밤이 너무 깊었어?

하품이 나, 하~아.

그만 잠을 잘까?

그래 알았어.

창문의 커튼을 치고 난 침대 위로 올라가 이불을 덮고 숨을 고른다.

아~ 따뜻하다. 포근하고 너무 좋아.

그러면 잠을 잘까?

응!

우리 아침에 만나자.

알았어!

오늘 밤 별 무리와 함께 여행하고 이른 아침 커튼을 걷고 창가에서 지난밤 있었던 이야기 나누며 아침을 맞이하자.

잘자!

그래 너도 잘자!

아침에 다시 만나자…!

나의 일상의 글 중 지난 겨울 나와 나눈 이야기

내 일상의 삶은 시간이 지나고 세월이 흐르면

그리운 추억으로 기억된다.

그리고 그 추억은 그리움에서 시작되며,

그리움으로 가득한 내 삶의 그림자를

나는 사랑으로 감싸 안고 싶다.

나의 일상의 글 중에서

Part 3.

내 삶을 사랑으로 안고 싶다

봄이 전해주네요

사랑하는 그대여

오늘 새벽에 봄비가 내렸다오

그 봄비에 새싹이 파릇파릇 돋아났다오

사랑하는 그대여

봄이 나에게 속삭이고 있네요

봄맞이 가자고…

사랑하는 그대여

봄이 나에게 전해주네요

훈훈한 봄바람에 그윽한 꽃향기를 실어 보낸다고…

사랑하는 그대여

봄이 나에게 살 짝이 귀띔하네요

뭐가 그리도 바쁜지 내일은 꽃비가 내린다고…

사랑하는 그대여

봄이 내 곁을 떠나가도

너무 슬퍼하지 말라고 위로하네요

세월과 동행하며 덧없이 흘러가는 것은 나뿐만 아니라고….

기다림은 설렘이다

헤어짐은 아픔이지만

기다림은 설렘이다

첫눈

노을

일출

친구

연인

.

.

.

기다리는 시간만큼은 설렘이다....

기다림 1

일출을…

일몰을…

꽃이 피기를…

비가 오기를…

단풍이 곱게 물들기를…

눈이 내리기를…

그리운 사람과 만남을…

.

.

.

기다림은 언제나 설레는 마음이 있기에

나는 기다리는 시간이 너무도 좋다…!

기다림 2

임이여
오시나요?
안개꽃 피어오르는
그길로 오시려나요

임이여
오시나요?
임이 보이지 않아도
임의 발걸음 소리를 귀 기울이며 기다리고 있다오

임이여
오시나요?
매화꽃 피는 날 오시는지요?
봄과 함께 오신다면 동구 밖 언덕에서 기다리겠소

임이여
오시나요?
어제도
오늘도
그리운 임이 오시기만을
애타게 기다리고 있다오….

사랑

사랑은

소리도 없이 찾아온다

사랑은

나도 모르게 시작된다

사랑은

설렘으로 다가온다

사랑은

물처럼 스며든다

사랑은

하얀 눈처럼 소복소복 쌓여간다

사랑은

밤하늘별 무리처럼 반짝인다

사랑은

마음을 포근하게 감싸 안아준다

사랑은

마음속 깊이 뿌리를 내린다

사랑은

꽃향기처럼 느껴진다

사랑은

그리움으로 피어나는 꽃무릇이다.

계절의 사랑

나는 봄을 기다리고 있다
봄바람에 실려 오는 풋풋한 향기와 화사한 꽃이
내 마음을 위로해 주는 봄을 기다리고 있었다

나는 여름을 기다리고 있다
여름밤 집 마당에 펼쳐놓은 멍석에 누워 깊은 생각 없이 밤하늘을 바라보면
은하수 별 무리가 내 가슴에 쏟아지는 여름을 기다리고 있었다

나는 가을을 기다리고 있다
색바람* 부는 날 오색으로 곱게 물들어 가는 단풍을 바라보며
내 마음도 나만의 고운 색으로 채색하고 싶어 가을을 기다리고 있었다

나는 겨울을 기다리고 있다
아무도 찾지 않은 숲길에 눈이 소복하게 쌓인 길
그 길을 혼자서 걷고 싶어 겨울을 기다리고 있었다

---

* 색바람: 초가을에 부는 서늘한 바람.

봄

여름

가을

겨울

나에게 또 다른 계절의 기다림은 사랑이었다.

가족 사랑

선유도 해수욕장을 찾았다

모래 해변을 거닐다가 뾰족한 돌을 주워들어

모래 위에 이름을 적어본다

가족의 이름이다

밀물에 밀려오는 파도는

얄밉게도 지워버린다

이름이 지워질 때마다 마음이 아팠다

손에 들고 있던 돌을 바다에 던지니

작은 파장이 일었고

그 파장은 내 발끝에 이르러 사라진다

나는 바다를 바라보며

가족의 얼굴을 떠올리며

드넓은 바다에 펼쳐 놓고

가족과 함께한 지난 추억의 여정*을 아름다움으로 채워간다.

선유도 여행 중에서

---

* 여정(餘情): 마음속 깊이 남아 있어 잊을 수 없는 생각이나 가시지 않는 정.

민들레 사랑

길을 걷다

발걸음을 멈춘 손녀 하늘이

쪼그리고 앉아 민들레 홀씨를 꺾어 들고서

숨을 멈추고

입맞춤하려나 싶었는데

후~ 후~

입바람 불어 홀씨를 날린다

손녀 입바람에

쏟아져 날아가는 민들레 홀씨는

내 마음에 사랑의 씨앗이 되었네....

걸음마

2020년 12월 25일

엄마의 품에서 태어난 손주 녀석

뭐가 그리도 서러운지 울음보를 터트렸다

몇 개월이 지나

엉금엉금 기어서 다녔고

나를 보고 미소 짓는 손주

아침 이슬처럼 맑은 눈

해맑은 함박웃음

그리고 일 년이 지나

나와 눈 맞춤

비틀거리며 한 걸음 한 걸음 내딛는

손주 걸음마

넘어질 듯 넘어지지 않고

내 품에 와락 안기어 입맞춤하는 손주

나는 손주 재롱에 너무 행복했다.

넘치는 사랑

하늘에서 뚝 떨어진 것인가

바라만 보아도 입가에 미소가 머문다

사랑스러운 손자 하온이

내 마음에 사랑 꽃으로 피어났다

잠든 모습 그윽한 눈빛으로 바라보니

오뚝한 코

부드러운 입술

뽀송뽀송한 피부

사랑으로 물든 내 마음에

사랑이 샘물처럼 솟아나네!

바라만 보아도 넘치는 사랑

손자 하온이....

제비꽃 당신

따뜻한 봄날

그늘진 내 마음에 햇빛을 품는다

가슴으로 온기를 느끼며

사랑의 눈빛으로

제비꽃을 바라보며

입가에 미소가 절로 피어난다

생각만 해도

어여쁜 제비꽃

참 예쁜

제비꽃 당신....

꽃보다 아름다운 것은 님이었다오

아름다운 것이 꽃이라지만

꽃보다 아름다운 것은 님이었다오

어느 봄날 꽃밭에서 환하게 미소 짓는 그대를 바라보면서

난 꽃보다 아름다운 것은 님이라 생각했다오

꽃은 색깔이 곱고 예쁘지만

그대는 꽃이 갖지 못한 아름다운 미소를 가졌기에

임은 꽃보다 아름답다오.

당신의 수채화

추억의 시간을 그리워한다

세월 속에 묻힌 추억을 들추어내고

마음속에 묻어버린 추억을 회상한다

물속에 비친 흐릿한 반영처럼

그리운 당신을 한 폭의 수채화로 그려낸다.

너와 나

너는 너

나는 나

너와 나는 뗄 수 없는 영원한 친구다....

마음

이런 마음이었나!

있어도 좋고,

없어도 좋고,

생각만 해도 좋고,

내 안에 항상 네가 있어 나는 너무 좋더라…!

내 마음에 따뜻한 비가 내렸다

커피잔에 입맞춤한다
코끝에 스치는 커피 향은 가슴속 깊이 전해진다

혀끝에서 느끼는 커피의 맛
너무 쓴맛이기에 각설탕 하나를 찻잔 속에 넣었다

찻잔 속 각설탕은 조심스럽게 녹아내렸고
감미로운 커피 향과 함께
내 가슴속 깊은 곳에 따뜻한 비가 내렸다....

태안 안면도 카페에서

한 마리 새가 되어

한 마리 새가 되고 싶다
석양을 향해 날아가는 새를 바라보니
한 마리 새가 되고 싶다

희미해져 가는 옛 추억의 향수를 가슴에 품고
쉼 없이 날갯짓하여
그리운 임에게 갈 수 있는 한 마리 새가 되고 싶다

지난 삶,
못다 한 이야기 들려주고 싶은 마음에
나 한 마리 새가 되어 석양을 따라
침묵 속에 노을이 곱게 물들어 가는 바다 저편
임 계신 그 머나먼 그곳을 향해 날아가고 싶다.

벗

좋은 말을 전해주고 받는 말벗

좋은 글을 주고받는 글벗

인생의 길을 동행하는 길벗

아니면 마음을 나눌 수 있는 마음의 벗

나는 친구에게 어떤 벗으로 기억될까?

우정, 사랑, 믿음

내가 친구에게
마음 놓고 베풀 수 있는 것은
'우정'이다

내가 가족에게
마음 놓고 베풀 수 있는 것은
'사랑'이다

내가 나에게
마음 놓고 베풀 수 있는 것은
'믿음'이다.

길

어느 길이면 어떻소
임과 함께 걸을 수 있다면

가시밭길이면 어떻소
임과 함께 걸을 수 있다면

걷다가 갈림길이면
임이 선택한 그길로 함께 걷겠소

임과 같이 갈 수 있다면
세상 어느 길인들 못 가겠소

끝이 보일 것 같아도
보이지 않는 그 길
임과 평생 함께 걸어야 할 인생길이잖소.

어디서 무엇 하며 살아가는지 친구야

노을 진 바닷가 모래언덕
삐기 꽃 뽑고 모래 장난하며 놀던 친구야!

세월은 유수처럼 흘러만 가는구나
어디서 무엇 하며 살아가는가?

친구야!
드넓은 바다에 낚싯줄 드리우고 고기를 낚고
갯바위 넘나들며 소라를 잡던 그 시절을 기억하겠지?

친구야!
이제 너와 나
머리에 서리 내리고 이마에 주름이 가득하건만
더 늦기 전에 우리 만나 소주 한잔 나누며

세월 속에 묻힌 지난 추억 곱씹으며
밤이 지새도록 이야기 나누세
어디서 무엇 하며 살아가는지 친구야....

무념무상(無念無想)

그리 긴 것도 아닌 것 같은데
어느새 머리에 서리가 내렸구나

코흘리개 어린 시절 생각이 나고
철없던 학창 시절 추억이 그리워지네

자나 깨나 자식 걱정 지울 수 없고
귀여운 손주 녀석 재롱에 흐뭇해하네

돌아보면 아무것도 아닌 삶이건만
아직도 마음만은 청춘인 나의 인생
이제는 마음 비우고 살아가려오....

12월을 보내며..

1월

.

.

.

12월 또 한 해가 저물어 간다

봄이라 향긋한 꽃들과 입맞춤하며 마음을 위로했는데...

여름이라 산과 바다를 찾아 여행했는데...

가을이라 만추의 풍경과 단풍을 바라보며 추억을 회상하며 흐뭇해했는데...

겨울이라 눈이 내린 풍경을 바라보며 아름다움을 느끼기도 전 아쉬움으로 가득한 한해 또 12월을 보낸다....

골목길의 작은 나의 공간

늦은 밤

도서관에서 돌아오는 길

가로등만이 나를 반긴다.

내 발길은 어느새 골목길에 이르렀다.

집들이 옹기종기 모여 있는 좁다란 골목길이다.

누구라도 마주치면 어깨가 닿을 정도의 골목길 집들의 처마는 이웃집과 맞닿을 정도로 빼곡하게 집들이 들어서 있다.

그 집들의 창문은 드문드문 불이 켜있고 창문 틈으로 새어 나온 백열전등 불빛만이 깜깜한 밤 골목길을 비추고 있다.

난 전등불이 커진 창문 앞의 대문에 이르러 발길을 멈춘다.

그리고 책가방을 뒤적이며 더듬더듬 열쇠를 찾았다.

대문으로 들어서 문간방 부엌문 앞으로 다가서 열쇠를 풀고 부엌으로 들어가 더듬더듬 전등을 찾아 전구에 붙어있는 스위치를 돌려 불을 밝힌다.

부엌으로 통하는 작은 방문을 열고 책가방을 방 입구에 놓고 부엌의 연탄불 먼저 살핀다.

다섯 평 남짓 작은 방 하나와 부엌의 천장 위에 만들어진 다락방이 내가 사는 공간이며, 화장실은 대문 밖의 공중화장실을 사용한다.

섬 선유도에서 태어나 초등학교 중학교를 선유도에서 졸업했고, 고등학교는 이 작은 공간에서 새로운 출발을 시작한 나의 학창 시절 자취방이다.
희미하게 불이 붙어있는 연탄불 아궁이 공기통을 열어놓고 방안에 온기를 전한다.
그리고 부뚜막 한쪽의 찬장 문을 열고 주섬주섬 반찬을 작은 밥상 위에 놓는다.
김치 멸치조림 어묵볶음 콩나물국이 전부다.
나는 밥상을 들고서 방 안으로 들어간다.
방 안에 들어선 나 아랫목 펼쳐진 이불을 뒤척이며 아침 출근길에 누님이 이불속에 묻어놓은 공깃밥을 꺼낸다.

아직도 따뜻한 공깃밥을 밥상 위에 올려놓고 밥 한 그릇을 금세 비우고 밥상을 다시 부엌으로 가져가 반찬은 찬장 안에 넣어놓고 빈 공기와 수저 젓가락은 고무통에 물을 담아 설거지하였다.
그리고 아침에 갈아 넣고 간 연탄을 새 연탄으로 교체하고서 방으로 들어가 책상 앞에 앉는다.
책가방에서 책을 꺼내 펼쳤고 오늘 학교에서 배운 수업 내용을 노트에 정리한다.
밤이 깊어간다.
늦은 시간에서야 책을 덮고 책상 위에 있는 작은 트랜지스터

라디오를 켜고 '별이 빛나는 밤에' 음악방송을 청취하며 하루를 마감하고 잠을 청한다....

나의 일상의 글 중 학창 시절 회상하며

내 생애 최고의 가을인 줄 알았는데

몇 번째 맞이하는 가을인가

열 번째

.

.

육십 두 번째 맞이하는 가을이다

수많은 시간과 세월이 흘러갔는데

올가을은 내 생애 가장 아름다운 가을이라 생각했다

가을 햇볕에 곱게 물든 단풍잎이 이렇게 예쁜 줄 몰랐다

단풍잎은 뜨거운 사람들의 시선에 못 견디고 낙엽이 되었고

그 낙엽은 사람들의 발끝에 부딪히고 짓밟히는 모습에 나는

너무도 슬펐다

때가 되면 자기 자리를 비워주고 떠나는 단풍을 보며

지금껏 살아온 내 삶 또한 단풍과 같은 삶을 닮지 않았나 싶다

또 다른 계절 앞에 가을이 우리 곁을 떠난다

쌀쌀한 바람에 이리저리 뒹구는 낙엽을 바라보며

허전한 마음에 나 또한 낙엽인 것을….

한 손엔 빗 한 손엔 가위

33년 전 직장에 다니던 나는 당시 대전시 도마동 충남 조달청 출장 가던 중, 라디오 여성 특집 방송 "다시 시작하는 나의 일" 아내의 글 방송 이야기입니다.
고속도로를 달리는 버스 안 라디오 방송에서 아내의 글이 흘러나온다.
"안녕하세요? 김수미, 김홍신입니다." 진행으로 시작된다.

아줌마,
아줌마,
애기 신발 떨어졌어요.
"응?"
아기를 안고 가던 나는 아기라는 말에 무심코 뒤를 돌아보니 교복을 단정하게 입은 여학생이 우리 아기의 신발 한 짝을 들고 쫓아오고 있었다.
얼떨결에 "고, 고마워요." 하고 받아가지고 오기는 했지만 망치로 뒤통수를 맞은 기분이었다.
'내가 아줌마?' 하기야 예전에는 화장을 안 해도 앳된 얼굴이었는데, 이젠 화장기 없는 얼굴로 남편과 외출하면 눈총을 받는 존재가 되어버렸다.

시내에 옷을 사러 가면 내 눈에는 예쁘고 발랄한 모양만 들어오는데 남편은 주부면 주부답게 옷을 입으란다.
책도 읽고, 최신 유행곡을 틀어놓고 차를 마시던 나만의 시간도 흐르는 세월 속에 묻혀버렸다.
눈 뜨면 밥하고 아기와 놀아주어야 하고, 일곱 식구의 빙산 같은 빨래와 청소를 해야 한다.
'아! 이 참을 수 없는 존재의 가벼움이여.'
그런데 작은 아기가 유치원에 들어가게 되자 나는 가족들의 도움으로 예전에 하던 미용실을 열었다.
나의 이름 석 자를 간판에 크게 써넣고 살아 있는 모든 이들에게 내가 존재하고 있음을 알렸다.
내가 사랑하는 일을 다시 시작하게 되었음도 함께….
그날로부터 한 손에는 빗, 한 손에는 가위를 들고 내 인생의 '미(美)'를 위해 나섰다.
주부들이 오시면 조용하고 무드 있는 곡들(내 하나의 사랑은 가고, 해후… 등)을 틀어놓고 평소에 잘 들어둔 유머로 한바탕 웃음을 선사한다.
그러면 좋은 곡들만 들어 있다며 음반사 이름을 메모하기도 하고 스트레스를 풀고 간다며 함박웃음을 웃고 나간다.

학생들에겐 최신 히트 가요(하여가, 아라비안나이트 등)를 한껏 볼륨을 올려놓고 틀어주면 거울 속에 있는 30대 초반의

미용사를 한 번 더 쳐다본다.

그리곤 반가운 친구라도 만난 듯한 얼굴로 “아줌마도 이런 노래를 들으세요?” 한다. 대답 대신 “너를 볼 때마다 내게 가슴 떨리는 느낌이 있었지 예이예이 예예~” 하고 노래를 따라 부르면 참 재미있다며 다음에 또 오겠단다.

나는 한번 오신 손님은 절대 잊는 법이 없다.

외우려고 하는 것도 아닌데 다시 찾으면 그때 나누었던 대화까지 기억이 난다.

“결혼하셨나 봐요.”

“예. 아기가 5개월이에요.”

1개월 후에 그 손님이 다시 왔다.

“따님 이가 나왔어요?”

“예, 이가 나오려고 무엇이든지 다 물어요. 그런데 어떻게 그것까지 기억하세요?”

친구를 따라 1년 전에 드라이를 하고 간 아가씨가 있었는데, 반가운 마음에 “가을 아가씨네. 작년 가을에 오더니 올가을에 왔네.” 하고는 1년 전에 해줬던 헤어스타일이며 같이 왔던 친구와의 대화를 들려주었더니, 깜짝 놀라면서도 자신을 기억해 주는 것을 굉장히 좋아했다.

며느리, 아내, 엄마, 딸, 미용사. 다양한 역할을 해야 하는 나에겐 시간이 항상 모자란다. 나의 기술향상을 꾀하고 손님들에게 미용정보를 제공해 주기 위해 미용책자도 봐야 하고, 모모처럼 손님들의 사소한 이야기도 귀하게 들어주어야 하고, 책의 홍수 속에서 좋은 책도 읽어야 하고, 아이들의 마음도 읽어야 한다.
일주일 전 막내 시누이가 손가락이 부러져서 깁스를 했다. 집안일을 많이 도와주었는데, 나의 손이 더욱 바빠지게 되었다. 일이 많아지면 짜증이 날 때도 있지만, 나를 필요로 하는 일들이 많다고 생각하면 행복해진다. 내가 다른 사람들에게 도움을 줄 수 있다는 그 자체가 행복이 아닐까.
내일 아침에는 조금 일찍 일어나 아가씨 머리를 감겨주어야지....

아내의 글은 이렇게 마무리되었다.
그 당시 라디오 방송 진행 사회자였던 군산 출신 연기 배우 김수미 씨와 소설 작가 김홍신 씨가 방송을 통해 전해주었던 아내의 글 후담 이야기가 생각난다.

33년이 지난 지금 그 시절 나의 삶 그리고 그때 방송했던 아내의 글을 읽어보며 옛 추억을 회상해 본다....

나는 나에게 묻는다.

그때는 왜 그랬냐고…?

힘들게 살아온 지난 삶

미안하고,

참 고맙다고,

그리고 모두가 다 내 책임이라고…!

나의 일상의 글 중에서

Part 4.

그때는 왜 그랬을까?

나는 봄을 가슴으로 품었다

봄이 왔는데
누구도 나에게 봄이 왔음을 알려주지 않았다

화사한 봄은
나에게 꽃으로 말했고
향기로 답했다

하지만 나는 아무런 말하지 않고 눈을 지그시 감았다
봄바람에 실려 전해지는 풋풋한 봄 향기는 코끝에 전해졌고
나는 봄 향기를 끝내 거부하지 못하고 봄을 가슴으로 품었다.

이룰 수 없는 사랑

이룰 수 없는 사랑은

슬픈 사랑이다

가슴속에 목메므로 밀려오는 슬픈 사랑은

하얀 종이와도 같은 그 자체가 흔적 없는 순백의 사랑

이룰 수 없는 슬픈 사랑이기 때문이다.

삶은 추억이다

내 삶의 흔적을

지우려 하지도 말고,

잊으려 하지도 말고,

그리고 후회하지도 않았으면 좋겠다

내 삶이 아름다웠다면 추억으로 기억될 것이고,

내 삶이 아픔이었다면 경험이라 여기고 가슴으로 품었으면 한다

만약 추억으로 남기고 싶지 않은 삶의 이야기가 있다면 내 삶에 있어 좌우명으로 생각했으면 싶다

왜냐면 내 삶의 인생은 한 번뿐이고, 실수는 한 번으로 충분하기에 그 삶 또한 나의 것이고 경험으로 기억될 것이기에 내 아름다운 삶의 일부이며 삶의 추억이니까.

나의 일상의 글 중에서

한 번뿐인 인생

난 가끔 생각한다

한 번뿐인 인생인데…

지금까지는 내 의지대로 살아보지 못하고

앞만 바라보고 살아왔다면

나머지 인생은 너무 재촉하지 않았으면 한다

물이 흐르듯 천천히 걸으면서 쉼터가 있다면 쉬어가고

남은 시간과 나와 동행하며 타협하면서

내가 걷고 싶은 인생길로 행복한 삶을 살아가고 싶을 뿐이다.

나이

거울 앞에선 나

내 모습 바라보며

왠지 슬퍼 보이는 내 모습에

나는 아련해합니다

하루가 다르게 변해가는 내 모습이 두려워

잠시라도 멈추고 싶은 나이인데

기다려 주지 않는 시간이 정말 얄밉기만 합니다

누가 내 나이 가져가지 않으려나?

줄 수 있다면 주고 싶은 내 나이

한때는 세상을 다 품고 싶어

얼른 커서 어른이 되고 싶어 했는데

이마의 굴곡진 주름살 어루만지며

어느새 이렇게 나이를 먹었는지

빠르게 흘러가는 세월이 얄밉기만 합니다.

뒤늦은 후회

왜 그때는 몰랐을까?
달이 가고 해가 가고 세월이 흘러가니
어머님 얼굴이 그리움 되어 밀물처럼 밀려옵니다

살아생전 어머님을 사랑하면서
사랑한다고 말 한마디 하지 못했던 그 시절이
가슴이 찢어질 듯 아파짐에 뒤늦은 후회를 합니다

하얀 목련꽃보다 더 하얀 순백의 사랑
그 사랑을 잊고 살았던 세월만큼이라도
내 작은 가슴으로 안아드리고 싶습니다

사랑합니다!
어머님!
당신을 진정 사랑합니다…!

내 지난 삶

삶 속에서
잊혀 가는
이름과 얼굴
잊힐까 하는 두려움에
차가운 얼음 속에 묻어 놓고 싶다

시간이 기억하고
계절이 기억하고
세월이 기억하건만
그 무엇 때문에 나는 추억을 간직하려 하는가?

추억 속에 간직한
나의 지난 삶의 시간을 들추어
곱게 채색되어 가는 단풍을 바라보며
내 지난 삶을 아름다운 가을 속에 묻어버리고 싶다.

삶의 뒤안길

내 삶은 누구를 위한 것인가?

내 직업이 무엇인지?

내가 어떤 삶을 살았는지?

그리 중요하지 않다

나는 원래 아무것도 가진 게 없었다

다만 난 나 자신을 위해

최선의 노력으로 후회 없는 삶을 살아가고 싶을 뿐이며

완성되지 않은 수채화를 그려내듯이

나의 삶을 화폭에 아름답게 채색하고 싶을 뿐이다

지금의 삶보다 무엇을 더 바라겠는가?

그 이상은 욕심일 뿐이다

지금처럼 내 자리에서 묵묵히 일상의 일에 최선을 다하자.

3월 봄의 기적

겨울에도 나뭇가지에 잎이 달려 있었는데
지난겨울 잎이 없어 죽은 줄로만 알아
화분 하나를 마당 한구석에 방치했다

그제 내린 봄비에
나뭇가지에 물오름이 있었고
오늘 아침 버려진 화분에 다가갔다

나뭇가지 끝에 움이 보이기에
다시 원래 있던 자리로 화분을 옮겨 놓았다
3월 23일의 기적이다

혹독하게 추웠던 지난겨울
그 고통과 아픔을 참아내고
새싹을 틔우는 나무가 너무도 고마웠다

지난겨울 보살피지 못한 죄책감
한순간에 보상받는 느낌에 나무에서 시선을 떼지 못하고
입맞춤으로 고마움을 표했다.

무상(無常)*

불빛은 어둠이 있기에 빛을 발하고

모든 식물은 꽃이 피기에 향기가 있는 것이다

삶에 있어 행복은 당연한 것

나와의 거래 흥정의 대상은 아니다

살아 있는 동안 그 무엇과도 타협하지 말고 즐겨라

이루지 못한 것은 지나친 꿈이려니 생각하여라.

---

* 무상(無常): 한순간도 동일한 상태에 머물러 있지 않음을 의미.

뒤늦은 고백

어머니 이제야 고백합니다!

못난 불효자식 오만불손하였던 지난 시절 용서하여 주세요?

살아생전 어머니 마음 헤아리지 못하고

천방지축 까불었던 아들

세월이 흘러 자식을 둔 어미로서 한없이 후회스럽답니다

그리운 어머님!

내 두 어깨를 무겁게 누르는 힘

그것은 어머니의 영혼일까요?

자나 깨나 자식 걱정 그 열정 때문인지 모르지만

못난 자식 이제야 뒤늦은 후회 하며

어머니께 마지막 한 번 사랑의 자비를 구걸합니다

용서하여 주세요?

어머님!

사랑합니다!

어머님!

자기반성

어두운 방
침대에 누워 하루의 일을 곰곰이 생각한다

오늘 오후 바쁜 일과 속에 누군가에게 걸려 온 한 통의 전화
나는 퉁명스럽고 무뚝뚝하게 응대하고 말았다

너무도 바쁜 나머지 예의 없는 감정으로
상대의 이야기를 듣지도 않고 전화를 끊었다

깊은 생각 없이 내 맘 같지 않은 내 행동
뒤늦은 후회 하며 늦은 밤 잊으려 애쓴다.

떠나는 것에 연연하지 말자

살면서 이별과 작별은 연속이다
이별은 영영 만나지 못하지만
작별은 다시 만남을 기약하기도 한다

계절과의 작별
사람과의 이별
마음 한구석에 슬픔과 아픔으로 밀려오겠지만
잡는다고 잡을 수 없지 않으냐

그냥 그대로 보내주자
그 아픔과 슬픔은 언제나
내 마음속에 그리움으로 남아 있으려니
떠나는 것에 연연하지 말자.

받고 싶지 않은 메시지

휴대전화에서 카톡~ 카톡~

알림 소리다

메시지를 확인하지 않고

나는 시간에 쫓겨 분주하게 움직인다

한동안 시간이 흐르고

휴대전화의 메시지를 확인하고서 멍하니 선 채로

깊은 슬픔에 빠진다

며칠 전 친구를 잃은 슬픔이

아직 가슴에 남아 있는데

또 다른 친구 부음(訃音) 소식에 가슴이 멍하다

하나둘 떠나는 친구의 부음

받고 싶지 않은 메시지인데

벌써 우리가 그런 나이가 되었나 싶다

저녁노을은 서쪽 하늘에 붉게 물들이고

석양은 내 가슴 속으로 파고들고 있었다.

2022년 10월 어느 날

인생길

가을날

나는 숲길을 걷는다

스산한 바람이 불고,

낙엽이 뒹굴고,

내딛는 걸음마다 발끝에서 으그러지는 삶의 흔적

그 쓸쓸함 그리고 허전함과 동행하며 숲길을 걷는다

잡초로 무성한 삶의 뒤안길

그 흔적을 지우려 숲길을 걸어 보건만

나는 오늘도 슬픔과 아픔을 가슴에 안고서

또 다른 삶의 흔적과 동행하며

외롭게 숲길을 걷는다....

민들레 홀씨가 바람에 흩날리더니

나의 삶은 잔인했다
아픔을 곱씹으며 눈물을 흘렸다

나의 눈물이 떨어진
그 자리에 이듬해 민들레가 피어났다

민들레는 노란 꽃을 피웠고
꽃은 홀씨가 되어
바람에 실려 내 마음속에 살포시 내려앉았다

민들레 홀씨는
내게 기쁨의 꽃씨였다
나는 파란 하늘을 바라보며 웃음꽃을 피웠다....

술 한 잔

장마철 휴일인 오늘도 장맛비가 주룩주룩
창문 유리창에 맺힌 빗물 방울
그 무게를 이기지 못하고 주르륵~ 흘러내린다

점점 굵어지는 빗방울 바라보니
술 한 잔이 생각난다.
술이 뭐길래?
한 잔술에 내 마음은 촉촉하게 젖어 들었고
어느새 내 마음은 지나간 삶의 무게가 짓누르고
눈가에는 이슬처럼 눈물이 촉촉이 맺힌다

녹록지 않았던 과거의 내 삶
유리창에 흘러내리는 빗물 방울을 바라보며
나는 그 삶을 빗물에 희석하고 싶었고
마음 한편에 밀려오는 슬픔은 내 마음을 억 누른다
그리고 눈가에 촉촉하게 젖은 눈시울을 훔친다.

나의 일상의 글 중에서

행복

지금 내 삶이 행복한지를 알지 못하는 것은

내 삶이 행복이란 삶 속에 살고 있기에 알지 못하는 것이다

모든 순간이 소중하고 기적임을 알았을 때 그때야 행복을 느낄 수 있다

모든 사람은 사는 방법이 다르다

행복도 각기 다른 것에서 행복을 느낀다

내 삶이 소중함을 알고, 살아 있음에 감사하고, 내가 이루고자 하는 것을 알았을 때 행복의 의미를 알 수 있다

자기 행복을 그 누구와도 비교하며 살아갈 필요는 없다는 뜻이다

내 삶 자체가 행복이니까…!

추억 속 고향 나들이는 그리움만 더하고

세월이 가도 잊지 못하고,

고향 생각할 때마다 그리움이 더한다.

눈을 감고 추억하건대,

쓱~ 지난 세월의 삶은 아름다운 추억이더라…!

나의 일상의 글 중에서

Part. 5

추억 속 고향으로 가는 길

고향 풍경 앞에 발길을 멈추고 말았다

나는 고향의 풍경 앞에

발길을 멈추고 말았다

그 풍경 속에

그리움이 있기에

발걸음을 멈추고

숨을 고르고

그윽한 눈으로 바라보고

그리고 눈을 감고

그 누군가를 그리워했다…!

고향 내음

뭍에서 멀어져 가는 배처럼
바다 위에 떠 있는 섬
멍하니 바라보고 서 있노라니
남은 것이라고는 추억뿐이다

바람에 실려 온 고향 냄새에
지난 추억 회상하니
그리움은 파도가 되어 쉼 없이 밀려온다

내가 들추어낸 지난 추억은
한없이 무겁기만 하고
그리움에 짓눌린 나의 심장은
미친 듯이 요동친다.

고향 선유도 노을에 물들다

스러지는 저녁노을을 가슴에 쓸어 담고

나는 바다를 바라보며 묵묵히 서 있다

시간이 흐르고 검붉은 태양은 서해 수평선에 이르러

고향 선유도의 바다는 노을빛으로 물들었고,

나는 노을빛 바다에 빛바랜 추억을 띄우며 지그시 눈을 감는다

저 바다 수평선 저편에 아직 걷지 못한 아버지의 꿈이 있었고,

저 넓은 갯벌에 다 캐지 못한 어머니의 꿈이 묻어 있기에

나는 조심스레 저녁노을을 가슴에 안고 지난 부모님의 삶을 회상하며

이제야 빛바랜 추억의 책장을 넘기며 내 삶과 꿈을 부모님께 이야기하고 있었다.

선유도의 밤

한낮 따가운 햇볕에 달구어진 백사장도
밀려오는 밀물에 식어 평온을 되찾아 가고
나는 홀로 인적 없는 해변을 무심히 걷고 있다

저녁노을 붉게 물든 해변의 갈매기야
너는 어디로 가려고 하늘을 배위(背違)*하느냐?
어둑어둑 땅거미 내리면 길을 잃을 텐데
더 늦기 전에 둥지로 날아가렴아
해변에 가로등 불빛 켜지고
적막감이 감도는 선유도의 밤 풍경 고요하기만 하다

선유봉과 망주봉은
달과 별 무리를 등에 업고 외로움을 달랬고
남악리 갯바위 등대는 깜박깜박 졸며 나를 지켜주었고
나는 맨발로 해변을 거닐며 고향 선유도의 숨결을 느낀다
자정으로 가는 선유도의 밤
한여름 꿈을 꾸는 선유도의 밤....

---

* 배위(背違): 약속이나 규칙을 지키지 않음.

귀향(歸鄕)

가고파도 섬이라서 가지 못했고
먼 발취에서 바라보며 그립기만 했는데
세월이 흘러 이제는 육지가 되었구나

어머니
아버지
그리고 누나와 동생
어릴 적 추억이 가득한 섬

푸른 물결 출렁이는 서해 새만금방조제길
그 길에서 바라보면 촘촘히 늘어선 섬
야미도 신시도 무녀도 지나가면 바로 내 고향 선유도라네
오늘도 나는 고향의 품속에 안기어 귀향을 꿈꾸고 있네....

고향 생각

서해 저편 고군산군도의 섬
야미도, 신시도, 무녀도, 선유도, 장자도, 관리도,
횡경도, 방축도, 명도, 말도…
사이좋은 형제처럼 다정도 하구나

석양은 바다 수평선 위로 가라앉으려 하더니
고군산군도 고향 하늘을 붉게 물들이고 사라진다

여기가 어디인가 하늘을 나는 갈매기
저녁노을 곱게 물든 고향 하늘 향해 날아가고
비응도 항구로 귀향하는 어선 길을 잃을까
방파제 등대 빛을 발산하고 있구나

가슴 깊이 숨을 몰아쉬는 나
저녁노을에 타들어 가는 고향하늘 바라보며
그리움 가득한 고향 생각에 목이 멘다.

군산 비응항에서

추억 속의 고향

비바람이 조각하고

파도가 다듬은

내 고향 선유도(仙遊島)

신선도 그 아름다움에 반해 놀다 갔다 하더라

선유봉 정상에서 주변을 조망하니

야미도, 신시도, 무녀도, 장자도, 관리도, 방축도…

한 폭의 아름다운 풍경화를 그려 놓은 듯하다

이제는 희미해져 가는 어릴 적 옛 추억

서해 저 먼 곳 수평선 위에 펼쳐놓고서

한 장 한 장 책장을 넘기듯 그리움에 추억을 들추어낸다

밀물과 썰물은 하루 두 번의 만남이 있는데

아직 만나지 못한 친구 얼굴을 떠올리며

선유봉 정상을 스쳐 가는 바람에게

친구가 보고 싶다고 전해 달라 부탁한다.

고군산군도

뭍이 싫어 떨어진 섬

혼자는 외로운지 군도(群島)*를 이루고 있구나

서로를 의지하며 옹기종기 모여있는 고군산군도

의좋은 형제처럼 다정도 하여라

거친 파도에 고요한 울먹임

하얀 포말을 갯바위에 토해내며

세월의 아픔을 말없이 이겨내고 있구나

해 질 녘 선유봉에 올라 저녁노을 바라보며

가슴에 품고 있던 잡다한 생각을 들추어내고

썰물과 함께 마음을 비우고 돌아서려니

어느새 마음에 그리움은 밀물이 되어 밀려온다.

---

* 군도(群島): 일정한 지역 안에 흩어져 있는 섬.

관리도

누가 청록색 물감을

바다에 풀어 놓았나

푸른 물결이 넘실거리는 관리도 바다

꽂지* 서쪽 해안 절벽은 만물상,

강한 바람과 거센 파도

그리고 세월이 조각한 경이로운 작품이구나

천 길 바위 절벽 끝에 매달린

해국, 동백, 소사, 크고 작은 많은 식물

저마다 환경에 적응하며

척박한 바위틈에 뿌리를 내리며 버티고 있구나

푸른 바다와 하늘이 맞닿은

수평선 먼 곳에서 불어오는 바람은

풋풋한 갯내 향기를 가득 안고

산 능선을 걷는 내 코끝에 전해주고 달아나 버린다.

관리도 여행 중에서

---

* 꽂지: 관리도의 옛 지명

푸른 바다야

바다야!

푸른 바다야

푸른 물빛을 지워버리고

바람과 함께 하얀 파도에 밀려

마냥 위태롭게 보이는구나!

바다야!

푸른 바다야

오늘 너는 무척이나 화가 났나 보다

거친 파고에 바다 모습이 파랗게 보이지 않지만

폭풍에 밀려오는 파도도 너의 것이란다

바다야!

푸른 바다야

너무 아파하지 말라

너의 모습 보고 있노라니

내 마음도 하얀 파도에 젖어

마냥 슬프기만 하구나!

노을빛 바다

바다에 서면 작아지는 나
그 바다 검푸른 물결 위에
마음을 던져 놓고
아련한 옛 추억을 그리워한다

흐르는 시간 속에
석양빛에 물들어 가는 와인 빛 바다
갑작스러운 너울 파도에 깜짝 놀라 뒷걸음질하다
뒤돌아서니 갯바위 위에 드리워진 내 그림자는
석양빛에 점점 길어져 간다

바다 저 먼 곳 수평선
그 뒤로 서서히 침몰하는 붉은 태양
나는 그 태양을 가슴에 안고
노을빛 바다를 바라보며
긴 숨을 내뱉으며 허전한 마음을 달래본다.

솔섬과 갯벌

아주 오랜 옛날

망주봉* 서쪽 절벽 능선에서

떨어져 나와 섬이 된 작은 솔섬

밀물이면 외톨이가 되고

썰물이 되면 바닷길이 열리면서

솔섬 주변은 넓은 갯벌이 드러난다

솔섬 갯벌을 헤집는 고향마을 아낙네와 어머니

시간이 지날수록 고무대야는 무게가 더해지고

피곤함도 잊은 채 갯벌에서 호미로 조개를 캐어낸다

밀물이 되어서야

무거운 고무대야에 바지락이 가득했고

갯벌에서 빠져나와 바닷물에 바지락을 씻은 후 그물망에 옮겨 담는다

---

* 망주봉(望主峰): 군산시 옥도면 선유도의 상징인 바위산.

끊어질 것 허리 통증에 허리를 어루만지고

천근만근 무거워진 몸을 추스르고

갯벌에서 캐어낸 바지락을 머리에 이고

솔섬을 뒤로하고 집으로 향하는 어머님 뒷모습에

나는 가슴이 아려 옵니다.

기도 등대

두 손 모아 소원을 빌어볼걸
푸른 바다를 가슴에 품고서…

두 손 모아 소원을 빌어볼걸
망주봉을 바라보며 소원을 빌어볼걸…

두 손 모아 소원을 빌어볼걸
내 소원이 밤하늘에 전해질 때까지…

두 손 모아 소원을 빌어볼걸
기도 등대* 불빛이 내 가슴속에 박힐 때까지…

선유도 여행 중 기도 등대에서

* 기도 등대: 전북 군산시 옥도면 선유도 전월리 북동쪽 방파제 등대명.

엄마

그 모습을 떠올리는 것만으로도

그 목소리를 기억하는 것만으로도

그 이름을 부르는 것만이라도

나는 행복하다오

엄마!

나 아빠가 되어서야

세찬 눈보라도 비바람도

온몸으로 감싸 안아 우리를 지켜주신 엄마

이제야 엄마의 마음 알 것 같아요

엄마!

다시는 볼 수 없는 엄마이기에 이제는 잊으라면 잊을게요

하지만 꿈에서라도 한번 만나 꼭 전하고 싶은 말이 있어요.

엄마!

사랑했다고….

낙숫물

이른 새벽부터 비가 내린다
처마 끝에서 떨어지는 낙숫물
어머님의 눈물인가

힘들고 가난했던 살림살이
설움 많고 한 많은 그 시절 그 세월
어머님 마음 헤아려 주는 낙숫물

힘든 삶 분풀이라도 하듯
처마 밑 댓돌에 떨어져 멍을 남기고
그 눈물 누가 볼까 봐 산산이 부서진다....

깜밥

부뚜막 무쇠솥

김이 모락모락 증기를 내뿜는다

솥뚜껑 들썩들썩 뜸을 들이고

솥뚜껑 열고 휘휘 저어

구수한 밥을 공기에 푸고 나면

아궁이 타다 남은 장작불에

솥 바닥에 눌어붙은 밥풀

노릇노릇 눌어버려 깜밥*이 되었네

엄마 손에 쥐어진 반달 모양 놋쇠 주걱

무쇠솥 바닥 닥닥 긁어모은 깜밥

쟁반 위에 펼쳐놓고 나를 부른다

고소하고 차진 그 맛

잊을 수 없는 깜밥

내 손끝에 묻은 마지막 한 톨의 밥풀까지

입으로 들어가네….

* 깜밥: '눌은밥'의 전라도 방언으로 무쇠솥 바닥에 눌어붙은 딱딱한 누룽지.

장독대와 항아리

봄여름 가을 그리고 겨울
마당 한 구석에 자리한 장독대
모든 항아리를 감싸 안고 품어 준다.

매운맛 짠맛 단맛 쓴맛
어머니의 손맛을 품은 항아리
그 장독대 항아리는 어머니 보물창고이다

아침 점심 저녁 삼시세끼 식기마다
장독대를 찾는 어머니는 항아리를 어루만지고 닦아주며 가족의 건강을 챙기며
어머니는 장독대 항아리를 바라보며 흐뭇한 미소를 짓는다....

이불 지도

아침에 눈을 뜨니 축축한 솜이불
어젯밤 일이 꿈이었다면 얼마나 좋을까

엄마에게 들킬까 봐
안절부절못하며 이불속 뒤척이다
엄마에게 들키고 말았네!

혼낼 줄 알았는데
웃음 짓는 우리 엄마
요 녀석 한마디 하고서 꿀밤을 때리고
볕 바른 마당 한쪽 빨랫줄에 이불을 널어놓고서
요 녀석 지도 한번 참 잘 그렸네!

알나리깔나리
놀려대는 얄미운 우리 누나
창피함에 얼굴을 못 드는 나
행복한 우리 가족 웃음거리 되었네!

봉숭아꽃 물들이다

얼기설기 매어놓은 울타리 담장 아래
봉숭아꽃 예쁘게 피어났네,
봉숭아꽃 손톱에 물들이자
어머니 말씀에 댓돌 위 놓인 검정 고무신
오른쪽 왼쪽 바꿔서 신은 채로
재빠르게 울타리 담장으로 달려가는 누나
예쁘게 핀 봉숭아꽃 한 움큼 손에 들고
장독대 돌 위에 얹어놓고서
숯 백반 넣고 곱게 찧어
누나 동생 손톱 깻잎으로 감싸 실로 묶었네,
누구의 손톱이 곱게 물들었나
누나 동생 손등 어루만지며
열 손가락 봉숭아 곱게 물든 손톱을 살펴보고서
어머니는 아무 말 없이 미소 짓네....

문풍지

깊어 가는 겨울밤

바람에 떨고 있는

들창문 문풍지의 울부짖음에

잠 못 이루는 나

이리 뒤척 저리 뒤척 하는데

방문 앞 어머님 인기척에

잠자는 척 눈을 감는다

내 머리맡에 다가온 어머니

솜이불 가슴까지 덮어주고

손으로 방바닥 어루만지며 온기를 확인하고

물끄러미 내 얼굴 바라보시는 어머니

눈치코치 없는 겨울바람

어머니 마음 헤아리지 못하고

밤이 깊어 가도록 문풍지는 울고 있네.

옛 추억 회상하며....

검정 고무신

정겨움으로 가슴에 와닿는다
어릴 적 집안 토방의 댓돌 위에 가지런히 놓인 검정 고무신
가슴을 적시는 그리움으로 추억을 떠오르게 한다

바라보기만 하여도 고향의 향수가 가득한
검정 고무신
나의 텅 빈 마음을 위로하듯
내 가슴에 다가와 살포시 품 안에 안기는 검정 고무신….

아버지의 바다

서해 푸른 바다는
물고기를 키우고
아버지는 바다가 키운 물고기를 잡으러
만선의 부푼 꿈을 안고 푸른 파도를 가르며 바다로 향한다

삶의 햇볕에 검게 그을린 아버지
바다에 그물을 던지고
허기진 시간을 지탱하며
소주 한 잔에 숨을 고르고 설렘을 가득 안고
어기여차! 어기여차!
그물을 당기는 아버지 노랫소리
아버지는 힘이 들어도 힘든 것도 잊은 채 그물을 당겼다

언제나 바다를 가슴으로 품고 행복해하시는 아버지
바다는 아버지의 삶의 터전이었고 아버지는 거친 파도가 되었다
이제 그런 아버지의 모습은 볼 수 없지만
아버지에게 바다는 가도 가도 끝이 없는 희망의 땅이었다.

만선

어둠이 내린 바다를 헤치며
항구로 귀향하는 어선 한 척
힘찬 엔진소리는
흥에 겨운 어부의 노랫소리 같구나

방파제 등대 반짝임은
만선을 알리는 불빛인가?
밤하늘 반짝이는 별빛은
축제의 불빛인가?

비응항 밤은 불야성을 이루고
위풍당당 돌아온 어선 개선장군 같았고
어창 가득한 생선 상자 들여다보는
검붉은 어부의 얼굴에 미소가 가득하네....

은빛 너울 위에 펼쳐놓은 추억 이야기

나는 고향을 등 돌렸다 생각하지 않는다
고향은 언제나 내 곁에 있었다
나는 친구와 선유봉 정상 올라
잊혀 가는 옛 추억을 들추어
은빛 너울 고향 바다에 펼쳐놓았다

보이는가! 친구야
바다에 반짝이는 아름다운 은빛 너울
그 너머로 하얀 그리움으로 밀려오는 지난 추억들
나 어릴 적 그 추억을 자랑하고 싶었다네,
일상의 삶에서 지치고 힘이 들면 나를 품어주는 곳
여기가 내 고향 선유도라네

오늘 선유도 선유봉에서 마주친 산자고, 진달래, 맥문동, 부처손, 노간주나무
소사나무, 동백나무, 아슬아슬한 절벽의 나무 한 그루와
바다에 떠 있는 섬 야미도 신시도 무녀도 장자도
관리도 방축도 명도 말도 비안도 수많은 무인도까지도
이 모두는 내게 아름다운 추억의 풍경이며

언제나 나는 가슴에 품고 살아간다네,

친구야 어떤가?

오늘, 이 풍경이 아름답지 아니한가?

이 아름다운 풍경 때문에 이곳을 찾은 신선도

멋진 풍경에 반해 머물다 갔다고 하여 선유도(仙遊島)*라 불렀다 하네….

2023년 3월 26일

대전 친구와 선유도 여행 중에서

---

* 선유도: 仙(신선 선), 遊(놀 유), 島(섬 도). 신선이 놀다 간 섬.

어젯밤 꿈 이야기

어젯밤은 너무도 추웠다.

이른 아침에 잠에서 깨어난 나는 하품을 하고 눈을 비비며 창밖의 풍경이 궁금하여 들창문 유리로 창밖을 바라보았다.

겨울로 가는 길목에서 가을 그 끝자락을 붙잡고 있는 무궁화나무 은행나무 잎에 하얀 서리꽃이 활짝 피었다.

가을의 아쉬움을 달래려고 서리꽃이 피었나 보다.

아직도 집 주변에는 서정적인 가을 풍경이 가득한데 창밖의 풍경은 하얀 서리가 내려 가지마다 서리꽃을 피워놓고 겨울의 문을 조심스럽게 두드린다.

부엌에서 아침 식사 준비하시던 어머니

아들아!

나를 부른다.

어머니 부름에 나는 주섬주섬 옷을 주워서 입고 방문을 열고 토방 댓돌에 나란히 놓여 있는 고무신을 신고 부엌으로 들어갔다.

부엌의 부뚜막 무쇠솥에 김이 모락모락 피어오른다.

가마솥 가득 물을 데워놓은 어머니,

아들아 빨리 씻고 아침 먹어야지~

나를 재촉하며 아침 밥상을 차린다.

나는 가마솥 뚜껑을 열고 뜨거운 물 한 바가지를 세숫대야에 붓고 부엌 한쪽에 있는 항아리에서 찬물 한 바가지를 퍼 세숫물 온도를 맞추고 대야를 들고서 밖으로 나가 세수를 대충 하였고 수건으로 얼굴을 닦으며 서리꽃이 피어있는 마당의 풍경을 바라본다.

마당 밖의 풍경은 여기저기 서리꽃이 피어 순백의 아침 풍경이다.

선유도 2구 서쪽 언덕 높은 곳에 자리한 초가집 우리 집 마당에서 바라본 신시도 대각산과 월영산 너머로 태양이 떠 고개를 내밀었고, 선유도와 신시도 사이의 진또강* 하늘 위로 물새가 무리를 지어 날아가고 있다.

아직 잠에서 설깬 나는 하품을 한다.

그리고 두 팔을 번쩍 들어 기지개를 켠다.

아침 공기가 차가운 날씨에 몸을 움츠리며 집 안으로 들어가 토방의 댓돌에 고무신을 벗어 던지고 방문 고리를 잡으니 물기가 남아 있는 손에 문고리가 쩍 하고 달라붙었다.

정말 추운 날씨다.

나는 사시나무 떨듯 몸을 떨며 방 아랫목 이불속에 손을 넣고 녹인다.

이윽고 어머님이 이른 새벽부터 준비한 아침 밥상이 들어온다.

새벽부터 부엌에서 달그락달그락 그 소리에도 나는 눈을 뜨지

---

* 진또강: 선유도와 무녀도 사이의 강 이름.

못했는데 어머니는 가족을 위해 아침 식사를 준비한 것이다.
아버지 어머니 그리고 나 셋이 밥상을 받았고, 또 다른 밥상은 큰 누님과 작은 누님 그리고 여동생이 밥상에 옹기종기 모여 맛있게 아침 식사를 한다.
아버지는 밥 수저를 들자마자 하얀 쌀밥을 내 밥그릇에 얹혀 놓았다.
그리고 아무 말 없이 아침 식사를 하신다.
오늘 밥상 위에 오른 반찬은 배추 무를 텃밭에서 끼워 어머님이 김장한 배추김치 무김치 바지락 젓갈 콩나물무침 콩자반 멸치와 꼴뚜기 볶음… 등 국은 쌀뜨물과 무청으로 끓인 바닷장엇국이다.
그리고 장엇국은 우리 가족이 겨울에 자주 먹는 보양식이다.
나는 금세 밥 한 그릇을 다 비웠다.
그리고 어머님이 가마솥 누룽지를 주시기에 밥그릇에 누룽지 받아먹고 일어서려니까 친구가 나를 부른다.
이른 아침 바닷가 물이 빠졌으니 조개 잡으러 가자고 한다.
어머니는 아들아 바위가 미끄러우니 조심하라고 말씀하신다.
나는 작은 방 앞 광에서 호미와 소쿠리를 들고 친구와 조개잡이를 나섰다.
넓은 해수욕장 갯벌에는 바닷물이 빠져 갯벌이 드넓게 드러나 있었고, 친구와 나는 호미로 생합, 피조개, 소라, 배꼽… 등 시간 가는 줄 모르고 갯벌에서 조개류를 바구니에 주워 담는데....

그때 휴대전화의 메시지 알람이 울린다.

나는 비몽사몽 침대 위 머리맡을 더듬더듬 휴대전화를 집어 들었다.

그리고 문자 메시지를 확인하고 내려놓는다.

눈을 다시 지그시 감고 명상 시간을 가졌고, 한참 시간이 지나고서야 정신이 들고 나니 고향 선유도 섬 집에서 어머니와 함께한 시절의 생활을 꿈으로 꾼 것을 알았다.

나는 아쉬움에 다시 침대에 누워 꿈을 이어 꾸어보려 했는데 더 이상 꿈은 이어지질 않았다.

그리고 침대에 누운 채로 한동안 시간이 흘렀다.

너무나 생생한 꿈이었고 다시 보지 못할 줄 알았던 부모님 모습이었기에 간밤에 꾸었던 생생한 부모님 모습을 기억하고자 침대에서 벌떡 일어나 바로 책상에 앉아서 간밤에 꾸었던 꿈 이야기를 하얀 종이 위에 글을 써 내려간다.

나의 꿈 이야기....

MEMO

가을 하늘빛보다 더 푸른 날에

1판 1쇄 발행 2023년 10월 17일
지은이 이광옥

교정 신선미 **편집** 윤혜원 **마케팅·지원** 김혜지
펴낸곳 (주)하움출판사 **펴낸이** 문현광

이메일 haum1000@naver.com **홈페이지** haum.kr
블로그 blog.naver.com/haum1000 **인스타** @haum1007

ISBN 979-11-6440-436-0(03810)

좋은 책을 만들겠습니다.
하움출판사는 독자 여러분의 의견에 항상 귀 기울이고 있습니다.
파본은 구입처에서 교환해 드립니다.

이 책은 저작권법에 따라 보호받는 저작물이므로 무단전재와 무단복제를 금지하며,
이 책 내용의 전부 또는 일부를 이용하려면 반드시 저작권자의 서면동의를 받아야 합니다.